哈啦陽光山丘

Gill Davies

Eric Kincaid 繪

郭璧菡 譯

三民書局

Snooze and Snore   ISBN 1 85854 663 X

Written by Gill Davies and illustrated by Eric Kincaid

First published in 1998

Under the title Snooze and Snore

by Brimax Books Limited

4/5 Studlands Park Ind. Estate,

Newmarket, Suffolk, CB8 7AU

青蛙哈潑

Hop the Frog

Hop the Frog has **sleepy** eyes, a **wide grin** and long legs that he likes to **stretch** out.

青蛙哈潑有雙愛睡的眼睛，一張總是露齒微笑的闊嘴，和兩條喜歡伸展的長腿兒。

2

pond [pɑnd]
名 池塘

enjoy [ɪn`dʒɔɪ]
動 享受

snooze [snuz]
動 小睡；打盹

He lives in the **pond** below Sunshine Hill and he **enjoys snoozing** on the lily pads.

他住在陽光山丘底下的池塘裡，享受在蓮葉上小睡片刻的樂趣。

3

sleep [slip]
動 睡覺

wake [wek]
動 喚醒《up》

But today every time he goes to **sleep**, someone seems to **wake** him up.

可是今天，每次他要睡覺的時候，就有人想把他吵醒。

duckling
[ˋdʌklɪŋ]
名 小鴨子

rush [rʌʃ]
動 匆忙前往

ripple [ˋrɪpl̩]
名 小水波，漣漪

wave [wev]
名 波浪

First the little **ducklings rush** past making **ripples** and **waves** that shake the lily pad.

先是一群小鴨子從他旁邊匆忙經過，激起的水波和浪花晃動了蓮葉。

toad [tod]
名 蝦蟆，蟾蜍

dive [daɪv]
動 跳水

drop [drɑp]
名 水滴

splash [splæʃ]
動 飛濺

Then Tom **Toad dives** into the pond, and big **drops** of water **splash** all over Hop.

接著是蝦蟆湯姆跳進池塘，濺起的斗大水滴弄得哈潑全身都是。

Oh dear!
唉呀！天啊！

quiet [`kwaɪət]
形 安靜的

busy [`bɪzɪ]
形 熱鬧的

"**Oh dear!**" says Hop. "I must find a **quiet** place
to snooze. This pond is too **busy**."

「唉ㄞˊ呀ㄧㄚ！」哈ㄏㄚ潑ㄆㄛ叫ㄐㄧㄠˋ了ㄌㄜ˙起ㄑㄧˇ來ㄌㄞˊ。「我ㄨㄛˇ得ㄉㄟˇ找ㄓㄠˇ個ㄍㄜˋ安ㄢ靜ㄐㄧㄥˋ的ㄉㄜ˙地ㄉㄧˋ方ㄈㄤ
打ㄉㄚˇ盹ㄉㄨㄣˇ！這ㄓㄜˋ個ㄍㄜˋ池ㄔˊ塘ㄊㄤˊ太ㄊㄞˋ熱ㄖㄜˋ鬧ㄋㄠˋ了ㄌㄜ˙！」

hop [hap]
動 跳

hang [hæŋ]
動 懸掛

cobweb
[ˋkɑbˌwɛb]
名 蜘蛛網

hammock
[ˋhæmək]
名 吊床

reed [rid]
名 蘆葦

op **hops** out of the pond and **hangs** a **cobweb hammock** in the **reeds**.

哈潑跳出了池塘，在蘆葦叢中掛起一張蜘蛛網吊床。

doze [doz]
動 打盹

swing [swɪŋ]
動 搖擺

gently [`dʒɛntlɪ]
副 溫和地

breeze [briz]
名 微風

Soon he is **dozing** happily as the hammock **swings gently** in the **breeze**.

吊床在微風中輕輕地搖擺，不一會兒他便愉快地睡著了。

9

arrive [ə`raɪv]
動 抵達

pebble [`pɛbl̩]
名 卵石，小圓石

beach [bitʃ]
名 沙灘

picnic [`pɪknɪk]
名 野餐

he otter family **arrive** at the little **pebble beach** by the pond for a **picnic**.

水ㄕㄨㄟˇ獺ㄊㄚˇ一ㄧˋ家ㄐㄧㄚ來ㄌㄞˊ到ㄉㄠˋ這ㄓㄜˋ個ㄍㄜˋ池ㄔˊ塘ㄊㄤˊ邊ㄅㄧㄢ的ㄉㄜ卵ㄌㄨㄢˇ石ㄕˊ沙ㄕㄚ灘ㄊㄢ野ㄧㄝˇ餐ㄘㄢ。

catch [kætʃ]
勳 捉住

throw [θro]
勳 投，扔

orange [`ɔrɪndʒ]
名 橘子

miss [mɪs]
勳 遺漏

"**C**atch!" says Mrs Otter, **throwing** an **orange** to Ollie. Ollie **misses**.

「接住！」水獺媽媽邊說，邊扔了一粒橘子給歐力。歐力漏接了。

wham [hwæm]
感 轟！砰！

straight [stret]
副 筆直地

tummy [`tʌmɪ]
名 肚子

**ham!** The orange flies **straight** into the reeds and lands on Hop's **tummy**.

砰^{ㄆㄥ}地^{ㄉㄜ}一^一聲^{ㄕㄥ}！橘^{ㄐㄩ}子^{ㄗ˙}直^ㄓ直^ㄓ地^{ㄉㄜ}飛^{ㄈㄟ}進^{ㄐㄧㄣ}了^{ㄌㄜ}蘆^{ㄌㄨ}葦^{ㄨㄟ}叢^{ㄘㄨㄥ}，掉^{ㄉㄧㄠ}落^{ㄌㄨㄛ}在^{ㄗㄞ}哈^{ㄏㄚ}潑^{ㄆㄛ}的^{ㄉㄜ}肚^{ㄉㄨ}皮^{ㄆㄧ}上^{ㄕㄤ}。

ouch [aʊtʃ]
感 哎喲！

yell [jɛl]
動 尖叫

tumble [`tʌmbl̩]
動 滾落

"**uch**!" **yells** Hop, **tumbling** out of the hammock. "Am I to have no rest today?"

「哎_ㄞ喲_{ㄧㄡ}！」哈_{ㄏㄚ}潑_{ㄆㄛ}尖_{ㄐㄧㄢ}叫_{ㄐㄧㄠ}一_ㄧ聲_{ㄕㄥ}，由_{ㄧㄡ}吊_{ㄉㄧㄠ}床_{ㄔㄨㄤ}上_{ㄕㄤ}滾_{ㄍㄨㄣ}了_{ㄌㄜ}下_{ㄒㄧㄚ}來_{ㄌㄞ}。「我_{ㄨㄛ}今_{ㄐㄧㄣ}天_{ㄊㄧㄢ}難_{ㄋㄢ}道_{ㄉㄠ}不_{ㄅㄨ}能_{ㄋㄥ}休_{ㄒㄧㄡ}息_{ㄒㄧ}一_ㄧ下_{ㄒㄧㄚ}嗎_{ㄇㄚ}？」

13

yawn [jɔn]
動 打呵欠

curl [kɝl]
動 捲曲《*up*》

spot [spɑt]
名 地方，場所

mossy [`mɔsɪ]
形 長滿青苔的

bank [bæŋk]
名 堤岸

Hop hops up Sunshine Hill. He **yawns** and **curls** up in a sunny **spot** by a **mossy bank**.

哈‹哈›潑‹潑›跳‹跳›上‹尤›陽‹一尤›光‹‹ㄍㄨㄤ›山‹ㄕㄢ›丘‹ㄑㄧㄡ›，他‹ㄊㄚ›打‹ㄉㄚ›了‹ㄌㄜ›個‹ㄍㄜ›呵‹ㄏㄜ›欠‹ㄑㄧㄢ›，蜷‹ㄑㄩㄢ›縮‹ㄙㄨㄛ›在‹ㄗㄞ›青‹ㄑㄧㄥ›苔‹ㄊㄞ›堤‹ㄊㄧ›岸‹ㄢ›旁‹ㄆㄤ›一‹一›個‹ㄍㄜ›有‹一ㄡ›陽‹一尤›光‹ㄍㄨㄤ›的‹ㄉㄜ›地‹ㄉㄧ›方‹ㄈㄤ›。

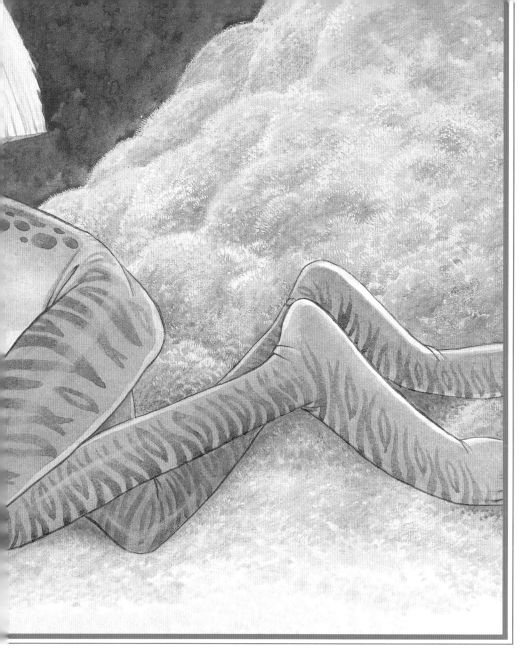

lean [lin]
動 倚靠《*against*》

front [frʌnt]
形 前面的

He doesn't know that he is **leaning** against a
front door. This is where the mice live.

他_{ㄊㄚ}不_{ㄅㄨ}知_ㄓ道_{ㄉㄠ}他_{ㄊㄚ}正_{ㄓㄥ}靠_{ㄎㄠ}在_{ㄗㄞ}別_{ㄅㄧㄝ}人_{ㄖㄣ}的_{ㄉㄜ}前_{ㄑㄧㄢ}門_{ㄇㄣ}上_{ㄕㄤ}呢_{ㄋㄜ}！這_{ㄓㄜ}兒_ㄦ正_{ㄓㄥ}是_ㄕ
老_{ㄌㄠ}鼠_{ㄕㄨ}們_{ㄇㄣ}居_{ㄐㄩ}住_{ㄓㄨ}的_{ㄉㄜ}地_{ㄉㄧ}方_{ㄈㄤ}。

lovely [ˋlʌvlɪ]
形 可愛的

walk [wɔk]
名 散步

fling [flɪŋ]
動 突然移動

"**W**hat a **lovely** day for a **walk**!" says Mrs Mouse. She **flings** open the door.

「真是個適合散步的好天氣呀！」老鼠媽媽邊說，邊用力把門推開。

send [sɛnd]
動 使處於某狀態

roll [rol]
動 滾動

Hop is **sent** flying. He **rolls** all the way down the hill and splashes into the pond.

哈潑就這樣被甩了出去。他一路滾下山丘，然後噗通一聲掉進池塘裡。

stay [ste]
動 保持

awake [ə`wek]
形 醒著的

from now on
從現在起

safe [sef]
形 安全的

"I think," says Hop, "I'll **stay awake from now on. It might be safer**." He plays all day with the ducklings and Tom Toad.

「我想，」哈潑說，「我要從現在起保持清醒，這可能會安全點兒。」於是，他和小鴨子還有蝦蟆湯姆玩了一整天。

rise [raɪz]
動 升起

settle [`sɛtl̩]
動 安定下來

soundly
[`saundlɪ]
副 酣暢地

even [`ivən]
副 甚至，連

owl [aul]
名 貓頭鷹

hoot [hut]
動 呼呼叫

Then when the moon **rises**, Hop **settles** on his lily pad and sleeps so **soundly** that he does not **even** hear the **owl hooting**.

然後，當月亮升起的時候，哈潑安安穩穩地躺在他的蓮葉上，睡得十分酣暢，連貓頭鷹呼呼的叫聲都聽不見呢！

19

兒童文學叢書

小詩

有一種，在不遠不近的

林子裡邊，說：

「七就七，九歸九？」

（早安，吃飽了沒？）

我知道，牠們就是白頭翁。

（摘自《家是我放心的地方》

林煥彰／詩，施政廷／畫）

系列

在六點五點之間，
早起的鳥兒，
有很多種，不同的叫聲；

中英對照，既可學英語又可了解偉人小故事哦！

超級科學家系列
SUPER SCIENTISTS

當彗星掠過哈雷眼前，
當蘋果落在牛頓頭頂，
當電燈泡在愛迪生手中亮起……
一個個求知的心靈與真理所碰撞出的火花，
就是《超級科學家系列》！

神祕元素：居禮夫人的故事
電燈的發明：愛迪生的故事
望遠天際：伽利略的故事
光的顏色：牛頓的故事
爆炸性的發現：諾貝爾的故事
蠶寶寶的祕密：巴斯德的故事
宇宙教授：愛因斯坦的故事
命運的彗星：哈雷的故事

網際網路位址　http : // www. sanmin. com. tw

ⓒ 青蛙哈潑

著作人　Gill Davies
繪圖者　Eric Kincaid
譯　者　郭雅瑜
發行人　劉振強
著作財
產權人　三民書局股份有限公司
　　　　臺北市復興北路三八六號
發行所　三民書局股份有限公司
　　　　地址／臺北市復興北路三八六號
　　　　電話／二五〇〇六六〇〇
　　　　郵撥／〇〇〇九九九八——五號
印刷所　三民書局股份有限公司
門市部　復北店／臺北市復興北路三八六號
　　　　重南店／臺北市重慶南路一段六十一號
初　版　中華民國八十八年十一月
編　號　S85529
定　價　新臺幣壹佰肆拾元整
行政院新聞局登記證局版臺業字第〇二〇〇號